沖縄が好きな人へ…

「これが沖縄です」

新垣 治男

沖縄の人の誇りを取り戻すために。
やむにやまれぬ思いで……。

金を失うのは小さく、名誉を失うのは大きい。
しかし、勇気を失うことはすべてを失う。

（W・チャーチル）

この素晴らしい沖縄を後世へ

まえがき

平和主義の末路は歴史が語っています

私がここでのべている平和主義とは、真に戦争を起こさせないための活動ではありません。ただ単に戦争放棄や武器を持たないことを訴えたり、無抵抗主義を唱え、何もしないで話し合えば分かるといった人たちの空想的活動のことをいっています。

彼らがどんなに平和を叫んでも、空想は空想です。真の平和はそこにはありません。大切なことなので何度も言いますが、歴史は、常に強い者が弱い者を征服し、搾取し、虐げる、ということを伝えています。たとえ自分が、相手に何もしない、攻撃しないといっても、相手から自分が攻撃されないということにはならないのです。

我が沖縄を見てください。

沖縄は守礼の国として、平和を愛し、戦いを好みません。

第一尚家の時、当時の琉球は武力の強い国でしたが、当時の大臣である金丸がクーデターを起こし、前政権を倒し、第二尚家を建てました。

そして第三代目国王の尚真は、自らの父親である尚円王（金丸）がやったこと、つまりクーデターを起こさせないために、琉球国中のすべての武器を没収し、蔵に収めました。

そのおかげで琉球国は、無防備の状態になり、そこに薩摩が攻め込んで来たため、抵抗も虚しくあっという間に植民地にされてしまったのです。

琉球国としては、薩摩の侵略を予測して話し合いを持とうとしましたが、話し合いを拒否され、一方的に侵略されたのです。

それが平和主義の末路なんです。

近年では、１９９０年に起きた湾岸戦争におけるクエートがいい例です。

クエートという国は、産油国で国民のほとんどが金持ちで、贅沢豪勢な生活をしており、戦車や軍備に金を使うより高級車に金を使って平和を謳歌していました。そこへ突然イラク軍が攻め込み、一週間もかからずに併合されてしまったのです。

このような歴史的事例は数限りなくあり、無抵抗や話し合いだけでは平和を保てないのです。

理想や空想にふける前に、現実に目を向けましょう。歴史に学びましょう。

やっぱり自国や自国民を守るには、軍隊も必要なのです。

ただ口先だけでは、本当の平和はやってきません。

他力頼みでもだめだし、まさか外国が攻めてこないでしょうという、あまい期待だけでは平和は保てないのです。

平和でいたければそれなりの備えが必要になってくるのです。

歴史がそう語っています。

もくじ

表紙装幀・本文デザイン／都竹富美枝

平和ボケしているあなたへ

私は沖縄県の将来を危ぶみ、日本国の将来を危惧し、やむにやまれずの思いでペンを取ることにしました。

私たちはまず自分の家族、周囲の人々を思う気持ち、大事にする気持ちから出発します。それが発展し故郷が大事になり、さらに発展させ県を大事にし、さらに国を大事に思い、さらにはこの星地球を大切にし、大事にします。

つまりは家族愛が地域、国、地球愛へと発展します。

近年、とみにそれが偏った愛に変わり、自分自身だけを愛し他の人を否定する。それが拡大し他宗教を否定、他民族を否定、他国家を否定していくという、非常に危ない世相になっています。

我が沖縄県においても心のない翁長雄志という知事が誕生し、非常にあぶない方向へと突き進んでいます。

そのひとつが知事の国連でのヘイトスピーチ（土人、支那人）発言であり、あたかも沖縄県民が日本国を拒否し中国の一員になりたいとの発言とも受け取れます。

ちなみに中国は今まさに中華思想のもと（中国の力の及ぶ範囲であれば中国は他国も自国の一部であり権力を行使しても良いという思想）に海洋進出を強め、自国の艦船の護衛のもと、漁船を日本の領土や台湾、フィリピン、インドネシア、ベトナムとありとあらゆる国に侵入させ、それらの国々の漁船を排除しています。さらには他国領内に軍事基地をつくり、当該国を脅かす。まさに翁長の発言は中国に沖縄県を侵略せよと訴えているに等しい。

この混沌とした世界中の世相において、火に油を注ぐような行為を食い止め、戦争や侵略、略奪のない平和な国、平和な沖縄県を守りたくて立ち上がったのです。

本当にこのままでは沖縄県、日本国が危ないのです。

もはや洗脳された頭を持つ老人はいりません。

若いあなたたち、また本当に家庭を守っている女性の方々に是非読んでいただきたく、また立ち上がってほしいとの思いでペンを取りました。

この沖縄県を変えられるのはあなたたちです。

決して公務員やエリートと呼ばれている人たちではありません。

特に共産主義に真っ赤に染まったマスコミではありません。

マスコミの嘘報道に惑わされず、しっかりとした目と耳を持ち、立ち上がろうではありませんか。
自分のため、また子や孫のために将来の沖縄や日本のため頑張ろう！
立ち上がれ！　まさに時は今です。
今立ち上がらずにいつ立ち上がるのですか。

日本と沖縄は根は同じなんです

沖縄、つまり琉球国と日本のつながりは古く、中国とのつながりよりずっとずっと古く、琉球の万葉集とも言われ沖縄最古の歌集である『おもろそうし』にも古くから沖縄と日本国との結びつきが歌われており、それからすると琉球と日本国とはずっと同じ国であったと言っても過言ではない。古くは源為朝伝説にもあるように琉球国国王の舜天王（一一六六年―一二三七年）は為朝の子供であったと言われるほどである。ユタやノロたちに言わせると「今年は白い旗が上がった。今年は赤だ」というふうに源氏（白）、平氏（赤）を占うなど深く関係している。

また古代の日本で使われていた言葉でハーベールー（ちょうちょ）、アーケースー（トンボ）

などの言語が沖縄の方言には今でも残っているのである。このように日本とのつながりは深く古いものである。

一方、中国とのつながりは、沖縄の三山時代（一三三二年頃）からと言われ、それぞれの北山、中山、南山が中国と交易していたのである。

中国と交易をするには、どうしても中国の臣下としての形をとらなければいけないことから、あくまでも形式上、臣下の形をとったに過ぎないのである。それが近代沖縄つまり明治維新まで続けられていただけのことである。

一方日本とは薩摩による沖縄（琉球）侵攻（一六〇九年）により薩摩支配下になったとはいえ、沖縄は明らかに日本国であり、沖縄県民は日本国民なのであります。

三山が統一され琉球王国ができたのが一四二九年頃であり、正式に明国の皇帝に臣下の礼をとったのがその頃です。

うちなーんちゅは誇りある日本人なんです

日本では卑弥呼の時代に当時の魏の国との交わりが『魏志倭人伝』という書物に登場します。中国では三国時代と言われ、魏、呉、蜀の国があった頃、魏の国は曹操、呉は孫堅、蜀は劉備玄徳の時代で、卑弥呼は魏へ使いを送り、魏の国王から親魏倭王の称号を与えられましたが、これをとって日本は、中国の国といえないように、沖縄も朝貢貿易をしたからといって、中国の国とはいえない。長い歴史の中で沖縄が一時的に琉球という独立国であったとしても、沖縄と日本の古い歴史からも沖縄と日本の根は一つであることは明白であり、沖縄はれっきとした日本国であり沖縄県民は日本国民なのです。

我々沖縄県民は自信と誇りを持って、胸を張って高らかに日本国民であることに誇りを持つべきなのです。

中国寄りの人たち、沖縄で特別意識を持っている一部の久米三六姓、もう何百年も昔に中国から沖縄に渡ってきた末裔の一部の人たちに惑わされてはいけないのです。また共産主義者たちの言葉、その一部であるマスコミの人たちにも惑わされてはいけません。

＊ちょっと一息、わんのさんぴん茶タイム①

一月　本部八重岳桜まつり

日本一早い春です。

ただ沖縄ではこの冬一番の寒さがきてくれないと桜は咲きません。

一番寒さを感じさせてくれるのが桜の花の咲くころであり、本当に短い冬を楽しませてくれます。

花から花へのめじろの小鳥が、さえずりながら枝から枝へと飛ぶさまは、より桜の花を浮き立たせてくれます。

日本はすごい国なんです

第二次世界大戦後、アメリカをはじめとする連合国はまず日本や沖縄に対して何をしたか、である。

第二次世界大戦前、アメリカはじめ白人の国々は突如国際的に台頭してきた日本国を一番に恐れていました。なぜなら、この地球上で一貫して単一国家、つまり他国に侵略され他の国に一度も支配されたことのない国は日本だけだったからです。また単一民族でこれだけの人口を有するのも日本以外にありません。日本民族は一億です。また単一文明、つまりずっと昔より継続して一つの文明を保有するのも日本だけなのです。

ですから、このまま日本民族を発展させて行くと世界は日本民族に席巻されるのではないかと特に白人たちは恐れたのです。この結果として、戦後の日本はあらゆるものが否定され悪とされました。大地主改革や身分制度、財閥解体、自虐史観教育などなどです。

今でも日本の政治家が靖国神社に参拝するだけで中国、韓国は批判し、総理大臣が参拝しようものなら過剰なまでに反日行動をエスカレートさせます。同盟国のアメリカでさえ歴史修正を試みる行為として非難するほどです。

なぜここまで日本は非難されるのでしょうか。

それは未だにそれらの国が日本という国を恐れているからです。日本という国を自由にしたらまた世界を席巻してしまうと、心底恐れているからです。

みなさん、日本という国はそれだけすごい国なんですよ。中国や北朝鮮、韓国、そしてアメリカなど、他国が日本の戦争責任を理不尽に非難するたびに、日本という国のすごさを感じてください。非難の大きさと同じだけ、日本国民としての誇りを実感してください。

先生って罪な人たちです

戦後、唯一解体されずに残ったのが、官僚と教員です。その他はすべてそれまでの行動を自己反省したり総括しましたが、唯一手付かずだったのが官僚と教員でした。彼らはＧＨＱ（占領軍）の手先となって日本国民から自尊心や自主性、民族としての誇りを奪い去る手先と成り下がったのです。

そして日本国民を亡国の民に仕立て上げ、平和のもとに白人社会が意図する現在の憲法を

ＧＨＱは押しつけ、平和憲法の名のもとに日本国、日本民族解体の手助けをし、自らの身の保全に努めたのです。教員で言えば、なんら自らの行動を、つまり軍の手先となって子供たちを戦争へと駆り立てたことを、何の反省、総括することもなく、自分たちの責任を国家や天皇、日の丸、君が代にすり替え、今や平和の名のもとに再び逆の危険な方向へと子供たちを送り込んでいるのです。

戦前は何も考えずお国のために死ぬことが尊いことだと生徒を洗脳し、戦後は何も考えず日本は悪い国だったと生徒を洗脳しています。やっていることの本質は同じです。先生がやっていることは、生徒の冷静な判断力を育てることではなく、生徒から判断力を奪い盲目的な人間をつくることなのです。

先生、ちゃんと世界を見ましょう

なるほど軍がなければ戦争は起こりません。しかし、戦争がないというのと平和は別問題です。軍がなければ他国に一方的に侵略され、他国の軍人や占領国民の傍若無人な行動が待っています。

世界を見てください。弱いものは略奪され、犯され、殺され、奴隷化されています。まさに今の平和教育の行く末がこれです。

この世に悪い人がいなくなり、すべての人が善人で、また欲望もなく無欲で、妬みや、やっかみ、恨みがこの世からすべてなくなるのであれば、軍隊はいりません。それ以前に警察も裁判所も役所もいらないはずです。すべての人々が善男善女であれば、各家に戸もいらないし、鍵もいらないはずです。

仏や神の世界でも軍隊はあるのですから、軍隊がいらないということは、人間は神や仏を超越した存在というわけですよね。なぜちゃんとありのままの世界、ありのままの人間を理解し、その上に理想世界の教えをしないのですか。ちゃんと現実を踏まえた教育をすべきなのです。理想も必要ですし、また個がその理想に向かって進むべきことは確かです。

実際、大多数の人は争いや戦争は嫌いです。はじめから争いの好きな人は本当に稀だと思います。しかし、そこにそれぞれの欲が絡むとまた違うのです。いくら自分が他人に悪いことをしなくても、その本人が弱ければ悪い人たちが寄ってたかって悪さを仕掛けてくるのです。だから、自分を守るためには力も必要なのです。警察がおれば自分に力がなくても守ってくれますね。かつては超大国アメリカが世界の警察の役割を担っていましたが、今や世界に警察はいないんですよ。だから、国と国とが同盟を結んでお互いを助け合い、かばい合うのです。日本とアメリカがまさにそれですね。日米安全保障条約がそれなのです。今、日本はアメリカという強い軍と核の傘のもとに安全が守られているのです。

先生、あなたの罪は重いです

もう一つの教員の大罪は沖縄県民の子供たちから沖縄県民としての誇りを失わせたことである。私が中学生（昭和四十一年頃）まで学校で教員たちが言っていたのは、沖縄の方言は悪い言葉で、方言を使うことは悪いことであり、子供たちにお互いを監視させ、方言を使った子のことを密告させ、密告した子は良い子として褒め、方言を使った子には罰を与えたのです。これが正しい教育でしょうか。

ちなみに、この密告した子たちが今の沖縄のリベラル（左翼）の人たちです。

＊罰の主流は水の入ったバケツを持って廊下に立たす。「私は方言を使いました」という大きな札を首からかけさせる。放課後残し、何百回と方言は使いませんと書かせるなど。私も幾度となくその罰を受けました。

＊ちょっと一息、わんのさんぴん茶タイム②

三月　東村つつじ祭り

つつじの花は、冬の終わりを告げ、これからやってくる暑い夏が来る前の心地良い風を浴びながら、その色とりどりの花が美を競い合っています。

沖縄のマスコミにあなたもきっと騙されていますよ

昭和四十四年頃のことですが、私は高校一年生であり、その当時は何かというとデモ、○○反対、反戦だ、平和だ、やれ平和行進だ、アメリカは出て行け、琉球政府は悪だ悪だ、警察も悪人だ等々で「琉球新報」、「沖縄タイムス」は毎日そのことばかりを大々的に書き立て、教員たちも堂々と政府を批判し、一方的な政治的主張を当たり前のように生徒たちに繰り返し繰り返し教えていました。

当時の新聞記者たちはあたかも自分たちが正義の代弁者のごとく書き立て、社会主義国家が理想の国がごとく讃え、また私が大学生になった頃には、マルクス、レーニン、トロツキーなどに憧れ反社会活動に染まった人たちが、マスコミへと就職していきました。

いわゆる革命かぶれをした者たちの一番の就職先が「琉球新報」であり「沖縄タイムス」だったのです。

このような人たちに公平中立な記事が書けますか。偏った物の見方しかできない人たちにどうしてちゃんとした記事が書けますか。決して書けません。

自分たちこそは正義だと思い、県民は自分たちが導いてやるのだという傲慢な態度で報道を続ける沖縄のマスコミに惑わされてついて行ってはいけません。

常に彼らの心の中には革命、共産革命があり、国家権力がやることはすべて悪いことであり、それを阻止することが正しい、何でも反対すればいい、反対することこそが正義と思って、何十年もそれを繰り返して来た人たちに公平中立の言葉は通用しないのです。それらのマスコミの報道には常に一方的な考え、悪意があります。どんなことでも悪く報道できるのです。まさにペンの暴力です。確信犯だからタチが悪いのです。

彼らは自分たちの考えと異なる考えはすべてが悪であり、それを潰すのが彼らの正義なのです。だから彼らの考えと違う考え方には人権もくそもなく、ただただ悪いことであり攻撃しなければならなく、人の意見に対してはいっさい聞く耳を持たないのです。

ですから、両新聞を開くとその記事は悪意に満ちたものだけなのです。

*ちょっと一息、わんのさんぴん茶タイム③

四月
オクラレルカ畑
大宜味村喜如嘉

広い田んぼの中、花菖蒲（オクラレルカ）のうす紫色の花々、田んぼのあぜ道をゆったり歩きながらの散歩は格別です。

あなたは、それでいいんですか

あなたを含め、沖縄県民の80％は政治について何も考えていない。ただマスコミに踊らされているだけです。だから、今の県民の民意と呼ばれているものは、マスコミの報道しだいで簡単に変わるものなのです。これは沖縄だけに限ったことではありませんが、沖縄では「沖縄タイムス」、「琉球新報」に代表される沖縄マスコミによる嘘を含めた、悪意に満ちた偏向報道しかないことが問題なのである。そして、あなたはそんな偏った報道を本当のことだと思い込んで信じて踊っているのですよ。あなたは、それでいいんですか。恥ずかしくありませんか。

「沖縄タイムス」、「琉球新報」の間違った情報に踊らされて、沖縄以外の世界から、沖縄県民が笑い者にされてもいいんですか。

沖縄マスコミなど、とにかく日本政府、米軍のことを悪意を持ってとらえる人々には、もはや何を言っても通じない。どんなに正しいことを言っても、すべてを悪く言い換えてしまうし、最初から聞く耳を持っていないのだから、「沖縄タイムス」、「琉球新報」は、反日、反米、反政府の結論ありきで、県民を悪い方向へ悪い方向へと導く諸悪の根源なのです。沖縄の悪いことはすべて「沖縄タイムス」、「琉球新報」とそれらの信者たちに原因があります。あなたは、そんな沖縄マスコミと一緒になって、沖縄を悪い方向へ導くのですか。
あなたが、沖縄マスコミの嘘に騙されなくなった時、沖縄は変われるんですよ。

沖縄って中国に狙われているんですよ

今日世界は激動の時期に入っています。中東ではＩＳのテロ、ゲリラ、ヨーロッパではテロの脅威に難民問題、イギリスのＥＵ離脱、各国では極右の台頭、民族主義、グローバル経済から保護主義経済への移行の動き、さらには米国では今までに例のない型破りのトランプ大統領が誕生しました。また世界中で広まる貧富の格差が深刻であり、資本主義経済にも陰りが出てきており、さらにはロシアの台頭、および米国の力に陰りが出てきたことで、米国は内向きの政策に舵を切ろうとしています。

一番怖いのは中国であります。その中国の覇権主義は露骨さを増し、自国の力の範囲、つまり中国の力がおよぶ国はすべて中国のものだと言わんばかりの侵略ぶりです。あげくの果てには過去の歴史、それも自分に都合の良い歴史のみを持ち出して、領土を広げていっております。

今のままでは尖閣だけでは足りず、沖縄県の離島および本島までもが自国の領土だと主張するようになるでしょう。

※覇権主義とは、自分の国を中心にして他国を配下に置くこと。

沖縄を中国に売ろうとしている人たちがいるんですよ

人の欲には限りがありません。ましてや中華思想のもとでの侵攻は歯止めが効かなくなってきています。このまま放置すると沖縄県も中国に飲み込まれてしまい、共産主義の国になりかねません。中国は口実が欲しいのです。それと同時に日米安保条約が邪魔なのです。どうにかして、日米の絆を壊そうと画策しているのです。

また、日本に対しては護憲を貫かせ、中国が侵攻した時に日本に軍事力を行使させず容易《たやす》く侵略できるようにと画策しているのです。その片棒を担いでいるのが、まさに沖縄のマスコミ、「琉球新報」、「沖縄タイムス」であり、翁長県知事や稲嶺名護市長なのです。彼らに聞きたいのです。「沖縄県を中国に売ったのですか」と。彼らの行動や言動はまさしく沖縄県を中国に売ったとしか私には考えられません。

そう言えば翁長や稲嶺の先祖は中国からの帰化人ですよね。彼らにとって今住んでいる沖縄県より彼らの祖国である中国が大切なのですか。そうであれば自分たちだけ中国国民になればいいのではないですか。私たち沖縄県民まで巻き込まないでほしいです。

中国に侵略されたら悲惨です

もし沖縄県が中国に侵略されたらどうなると思いますか。

中国は共産主義国家ですよね。共産主義国家では個人の土地は認められず、すべてが国のものですよね。そうすると、沖縄県民はすべての土地を中国共産党に取り上げられます。じゃあ県民はどうなるのか。たぶんチベットや砂漠あたりに強制移民させられ、そこの開拓でもさせられるのではないか。そう考えると、ぞっとします。

そんなことになったら、県民の未来はありません。県民自体が消えてしまうのではないか。

我々沖縄県民はやはり日本人であり、日本国と共に歩むべきであります。

古くは、旧ソビエト連邦の時代にスターリンが少数民族を各地に拡散して、たくさんの民族を消し去りました。現代ではまさに中国もそのようなことを繰り返しています。

＊ちょっと一息、わんのさんぴん茶タイム④

五月　名護市　伊集の花

その真っ白な花はその甘い香りとともに私を楽しませてくれます。写真の伊集の花の木は、沖縄で一番大きな木であり、きちっと刈り揃えられた花いっぱいが、上原さんの家に咲いており、上原さんの家の屋上からが一番の見どころです。人のよい上原さんは、来る人来る人を心からもてなしてくれ、その人の心の温かさにも触れることができます。

被害者意識ってみじめだと思いませんか

ここで沖縄県民が立ち上がり、沖縄県のためにひいては日本の国防のためにも心を引き締め、マスコミに踊らされることなく、翁長雄志知事や稲嶺進名護市長に利用されることもなく、本当の自分や家族、地域の人が安全で安心し豊かな生活を送れるよう、心して立ち向かわなければならない時期に来ているのではないか。

それにはまず被害者意識を捨てることから始めなければなりません。

ちゃんと現実と向き合い主張すべきものは主張するが、そこに乞食根性はいりません。また被害者意識もいりません。

対等の立場で堂々と胸を張って、子や孫、子孫に恥じない沖縄人（うちなーんちゅ）でなければなりません。

我々はもっと誇りを持ち、日本国民としての自覚をどの日本国民よりも強く持つべきです。

沖縄県民よ、被害者意識を捨てようではないか

もう一度言います。もう被害者意識は捨てましょう。そこからは何も生まれません。自分の力で切り開くのです。自分たちの力で住みよく誇れる沖縄、日本中の人が憧れる沖縄、平和な島沖縄、人情味の溢れる沖縄、勤勉な沖縄、礼儀正しい沖縄、沖縄に生まれて良かったと子や孫たちが思う世界中に誇れる沖縄にしていこうではありませんか。

偽善者の情報に踊らされてはいませんか

みなさん、本当のことから目をそらしていませんか。偽善者やきれいごとを並べるマスコミやもろもろの情報に踊らされていませんか。いつも原点に戻って考えていますか。

人というのは良いことはなかなか受け入れられませんが、嘘や悪いことには染まりやすいですよね。

この世はとかく、嘘が幅を利かせ、偽善者が大きい顔をしています。本当のこと、正しいことを言うと、マスコミ学者から袋叩きにあいます。マスコミが米国の大統領のトランプ氏を異常者呼ばわりしていましたが、人間の本質、国家の本質をただストレートに言っていただけではないか。

例えば、トランプ氏は、日本に対して、「自国のことは自国で防衛しなさい。もしアメリカに頼むのであれば、お金を払え」と言っていますよね。それは当たり前だと思います。みなさん、よくよく考えてください。みなさんが警備保障会社に「私を守ってほしい。家にドロボーが入らないようにしてください。ただし金は払いません。よろしくお願いします」と言ったら警備保障会社はその仕事を引き受けますか。国家も会社も個人も基本的に同じです。

みなさん、現実から目をそらし、自分は何もしなくても誰かがやってくれる。会社がやってくれる。国がやってくれる。そんな甘い考えは日本以外では通用しません。いや、もう日本国内でも通用しないのではないでしょうか。

よくよく考えてください。いつまでもいつまでも嘘や偽善者、耳障りのよい名前の団体やもろもろに踊らされてはいけません。その呪縛から解き放たれましょう。大変勇気のいることですが、早くしないと大変なつけが回ってきて将来の自分の子供や孫に大きな矛盾、負の遺産を作ります。

ちょっと一息、わんのさんぴん茶タイム⑤

五月
本部町よへなあじさい園

梅雨上がりのあじさいの花。伊豆見の山の中、民家の前の斜面に植えこまれたあじさいの花は、ただただ圧倒されます。このあじさいは、そこの家人の百歳にもなるおばあちゃんが何年もの年月を一人でコツコツ植え、大切に育てられた花であり、そのおばあちゃんの人となりがよく表れています。

稲嶺さん、名護市民の生活はどうでもいいのですか

一番私が疑問に思うのが、稲嶺名護市長は「名護市株式会社」の社長として、社員である市民の生活を守り、豊かにしようとする意志があるのかどうかということです。彼のやり方を見ると、少しもそういう意志を感じません。名護の街を見ればよくわかります。まるでゴーストタウンです。歩いている人も生気がありません。街全体がどんよりとしており、何かしら市民が生活苦に喘《あえ》いでいるように見受けられます。元気がいいのは公務員だけです。隣の町村を見れば一目瞭然です。

本部町や今帰仁村、宜野座村、金武町、恩納村とすべてが名護市より活気があります。そこに住んでいる人たちから生活が感じられます。北部の中心都市であり、あらゆる官公署があり、大きな病院、スーパーなど、近隣の町村からも買い物客が来るのになぜ名護市民は豊かでないのでしょうか。他の町村より数倍恵まれているのに……。それはもう行政の責任であり市長の責任です。

稲嶺市長は、ただ自己のイデオロギーのためだけに毎日を費やし、税金を使って自己のイデオロギーのため県内はいうまでもなく、外国、県外と飛び回り忙しそうですが、それは市民の

生活と結びついていますか。裁判でも負けが確定している辺野古の基地、基地と（バカの一つ覚えみたいに）念仏のように唱えている。そして県外から入り込んできた反対を職業としている人たちに煽《おだ》てられ、チンドン屋のように踊っている。さぞ人前で踊ることは楽しいでしょうよ。まるでスター気取りで自己満足、自分はいいでしょう。でも、大切な名護市民の生活はどうでもいいのですか。

反日年寄りの青春に付き合ってる場合じゃないんですけどね

名護市議の中には、県外から来た火炎ビン事件の人や、革命家を気取った共産主義者もいますよね。そういう人たちと稲嶺市長は何を相談しているのか聞いてみたいものです。

若かりし頃、学生運動をしていたために社会にも馴染めず、飯の種になる反対運動を起こせる所はないかと日本全国を回り、狂ったように反対することで、昔を懐かしみ青春を味わっている人たちに本当に名護市を思う気持ちがありますか。沖縄県民を思う気持ちがありますか。よそから来て、わざと物議を醸し、飯の種にするのはやめてほしいものです。それらに乗せられて英雄気取りの老人たちよ、ただ歳をとって来たのですか。あなたたちは本当に自分の子や孫のことを思っていますか。あなたたちは辺野古へ行ってかりそめの青春を楽しんでいるのではないですか。そんなことをするより、どこか人の迷惑にならないところに歌声喫茶でも作って、そこで青春を謳歌してください。

稲嶺進よ、あなたはただ目立ちたいために市長になったのですか。それとも人からすごい人だと言われたかったのですか。私にはあなたの本意がわかりません。

＊ちょっと一息、わんのさんぴん茶タイム⑥

六月
名護市真喜屋《まきや》のサガリバナ

夏の到来を告げるように、夜になると、色華やかにその名のごとく垂れ下がるように咲く花は、夜の貴婦人のように鮮やかで、風に乗ってくる香りは何とも言えない心地良さです。

翁長さん、国連でなんてことをしてくれたのですか

翁長知事は平成27年9月に国連人権理事会でヘイトスピーチを行いました。沖縄県民を代表する沖縄県知事が、国連の場で「我々は土人である。日本国から差別され日本国民から虐げられている哀れな土人である」と言っているものであり、我々は日本国よりも中国を好むという発言にも取れます。

それについて、沖縄県名護市に住む26歳の女性、我那覇真子さんが翁長氏の発言の直後に沖縄県民としてそれは違うというスピーチを行い、辛うじて彼の発言は取り上げられませんでした。我那覇真子さんに、我々沖縄県民は感謝しなければなりません。彼女の発言に我々県民は救われたのです。もし彼女の発言がなければと考えるとゾッとします。翁長氏のスピーチは、なにより日本国民からの沖縄県民への外国人扱い、また、沖縄県民に対する差別意識を自ら招くものであります。

※**ヘイトスピーチ…**憎悪に基づく言論。とりわけ人種・民族・宗教・セクシュアリティーなどに対する偏見や差別に基づくものをさす。

※**土人…**①原住民などを軽蔑していった語。②もとからその土地に住んでいる人。土着の人。

※**先住民…**ある集団が移住してきてその土地を占有する以前に、そこに住んでいた人々。また、植民地的状況のもとで支配を受けている人々をいう場合もある。先住民族。

（大辞林より）

沖縄って愛されているとは思いませんか

我々はせっかく米国統治から日本に帰りました。昭和48年頃の沖縄は「日本本土に帰れる」とそれはそれは大変な喜びようでした。

その後いろいろなことがありましたが、確実に沖縄県は豊かになりました。県民もやっと本土で沖縄県人であることを誇りに思い、胸を張って堂々と他県人と交わることもできるようになりました。他県人から憧れや羨望を受けることも多々あります。それはスポーツ界、芸能界、いろいろな分野での賢人の活躍もあり、一番はテレビドラマ『ちゅらさん』でしょう。今では本土のスーパーでも”ニガウリ“のことを”ごーやー“と表記しますが、『ちゅらさん』放映前は、”ごーやー“という表記はまったくありませんでした。

他の県とやっと肩を並べ、また沖縄県に対する他県民の憧れのもと、観光客も年々増えています。年間の観光客数が五〇〇万人を超えたのです。

翁長さん、謝るべきはあなたです

これからもっともっと沖縄県民が豊かになろうとしている時に現れた翁長県知事はまさに時代を逆光させるものであり、ヘイトスピーチ、土人スピーチはまさに日本本土と沖縄県を分断させ中国寄りに舵を取り沖縄を中国の奴属的国にすると言えるのではないか。沖縄のマスコミもそれを煽り誘導しています。

その結果として機動隊員が抗議団左翼の人たちからの暴言、罵倒、罵詈雑言に耐えかねて「土人」「支那人」と言ったことに対して、一斉に差別だと連日連夜抗議し、あたかも日本政府が言ったが如く「沖縄県民を土人呼ばわり、支那人呼ばわりしている。決して日本政府を許さない。謝罪せよ」と言う。支離滅裂である。

沖縄県知事がそもそも国連の場でそういう発言をしておきながら、警備の一警察官が売り言葉に買い言葉で沖縄県知事翁長の言った言葉をそっくり言っただけのことであるのに、なぜ日本政府に批判の矛先が向くのか、意味がわからない。

謝罪すべきは沖縄県知事の翁長であり、それを焚きつけたマスコミであるのに、どこですり替わったのか。自分で言ったことに責任を取らずなんでも他人のせいにする体質で、都合が悪ければ自分の言ったことも他人が言ったことにしてしまう。そんな翁長や沖縄のマスコミは恥を知るべきである。

自分たちがやって来たさまざまな行動や報道、そして人々を翻弄した罪は重い。ただただ沖縄県民や日本国民に謝罪すべきである。

オール沖縄っていったい何様ですか

基地反対の名のもと、オール沖縄の名のもとであれば、何をやってもいいのか。どんな悪いことをしようが、それが自分たちの信じる正義のためだったら許されるのか。

じゃあ自分が正しいと思えば人を殺しても他人の物を盗んでも、また人を犯しても、人を傷つけても、すべて許されると言うのだろうか。

ふざけるな、あなたたちは決してオール沖縄でもないし、オール沖縄という言葉を勝手に言うべきではない。一部の人たちでオール沖縄と口にすべきではありません。その言葉は誤解を生みます。あなたたち以外の沖縄県民に大きな迷惑をかけています。やめていただけませんでしょうか。

オール沖縄よ、悪はあなたたちです

すべての沖縄県民があなたたちに賛同しているわけではありません。ましてやあなたたちが正義でもなければ、正義のためであれば何でもしていいわけはありません。神や仏でもそれは許されません。あなたたちは神や仏以上の存在であり絶対者ですか。あなたたち以外の考えはすべて否定し、それは悪なのですか。

あなたたちは大変危険な考えをしています。自分たちに従わない人たちには人権も自由も何もないのですか。そんなあなたたちが権力を握ると恐ろしいことが起こりますね。ちょうど旧ソビエトの大量虐殺やカンボジアの大量虐殺を連想させます。あなたたちこそ平和を乱し、戦争へと国民、県民を導く人たちではありませんか。

まず他人の価値観を否定し、唯一絶対的なものは自分たちの考え以外にないとするあなたたち。人の言葉に耳を傾けようとしないあなたたち。自分たちの意見を通すためだったら、どのような手段にも訴えるというあなたたちの考えには、決して犯してはならない人間の自由や平等はありません。

あなたたちこそ、人々から自由と平等を奪い、戦争への道を突き進む人たちです。どんなに上辺できれいごとを言っても、あなたたちの本質がそう言っています。

*ちょっと一息、わんのさんぴん茶タイム⑦

本部町健堅の海

本部町健堅から見た瀬底島。それにかかる橋。その橋と海の間から見える伊江島。またその海が澄んでいること、いつ見ても飽きない。青青青づくめでその海水が澄みきっているのを見ると、心が洗われる。

基地がないと困るのは反対派の人たちなんです

本当に沖縄県知事翁長や沖縄のマスコミ、特に「琉球新報」、「沖縄タイムス」は沖縄県に基地があることを嘆いているのか。まず私が言いたいのは、彼らはことあるごとに「これ以上米軍基地は作らせない。今ある基地は即時撤去せよ」と叫んでいます。そして、自然を壊すのはやめろ、また基地の占める面積は全面積に対し他の県の何倍にもなり負担が大きすぎると批判していますが、本当に基地撤去を願っているのでしょうか。

①「辺野古には絶対普天間基地を移転させない」と言っている一方、「普天間基地は一番危険な基地であり、住宅街に囲まれているので一日でも早く撤去してほしい」と言っている。

②普天間基地の辺野古移設に反対しながら、那覇軍港の浦添への移転は進めている。

③東村高江に作っているヘリパットは認めないとして反対阻止行動を取っている。日本政府や米国は高江の米軍所有の土地を2/3以上返すというがそれについてはノーコメントでただ危険

だから阻止するという。

何か矛盾を感じませんか。

①について考えてみましょう

①反対派は、普天間基地の即時閉鎖を訴えながら、普天間基地をどこに移せばいいのか何も言わず、ただ県外と言うのみで具体策などない。ただただ嫌と言うのみである。

本来なら、そのまま普天間基地を置くのと辺野古に移すのではどちらが県民にとって利益になるかで判断すべきです。

この世は色々なことが混ざり合っているので、みんなの妥協案で進むしかない。みんながベストはありえない。みんなが良い、みんなが納得などこの世にありません。だからお互い歩み寄り、妥協しあって解決案を探らなければならない。ベストを求めると、もうそれは永久にゴールに到達できません。

だからベターでいいのです。ベストを求め永久の戦いをするのですか。それぞれが個人主張をしてお互いが譲歩しなければこの世は成り立ちません。だから話し合いなのです。いつまでも普天間を危険な状態にしておくのですか。それを辺野古に移転することにより、広大な米軍基地、それも街の中にある基地が一つ減るのですよ。いいことではないですか。一つずつ少しずつ解決していってもいいのではないですか。最初からノーで立ち止まったままでは一歩も前には進めません。

辺野古の海の埋め立てがそれほど環境を破壊するのですか。辺野古の海はすでに何年も前から赤土で汚れていますよね。海岸を見てください。白い砂はなく赤砂ですよね。それらはパイン畑やサトウキビ畑から流れてきた赤土で汚れたものではないですか。

また辺野古一帯にはたして何人が住んでいますか。その地域に前から住んでいる人たちの何人が本当に反対していますか。県外から反対を目的に入り込んできた人たちやその関係者ではないですか。よそから入り込んできて辺野古や近くの住民面《じゅうみんづら》して人の生活の平穏を乱しているのは、果たして誰ですか。みなさん、よくよく考えましょう。

②について考えてみましょう

②那覇軍港の浦添への移転ですよね。その移転は翁長知事は賛成ですよね。それほど那覇軍港は移転させなければならない重要な場所ですか。

現在のところ米軍は那覇軍港をあまり使用していませんよね。それを現在の何倍も拡大してそれも浦添のきれいな海を辺野古の何倍もの面積を埋め立てして、そこに軍港を作る意義がどこにありますか。それこそ軍事基地の縮小ではなく拡大ですよね。それこそ自然破壊ですよね。辺野古と浦添で何が違うのですか。

翁長知事は浦添における自然破壊や軍事基地の拡大には賛成、推進しておきながら基地反対をとなえる。また沖縄のマスコミ（琉球新報、沖縄タイムス）は一言も浦添については自然破壊反対、軍事基地の拡大反対は言いませんよね。

私の見たところ那覇軍港は何も危険は感じないし差し迫った移転の理由も見つからないのに、なぜ移転拡大を推進するのか、わかりません。浦添と辺野古、何が違いますか。普天間と那覇、どちらが危険で最も優先させなければならないのですか。

③について考えてみましょう

③東村の北部訓練場の約４千ヘクタールが返還されるというのに、翁長知事は返還式典には出席しませんでした。それどころか、訓練中に事故を起こしたオスプレイが、普天間の住宅地を避けて辺野古沖の浅瀬に不時着した立派な行為にたいして抗議する集会に出席したので

す。翁長知事をリーダーとする基地反対派にとっては基地返還を歓迎することよりも、何が何でも米軍に抗議することの方が大切ということですか。わけがわかりません。

＊ちょっと一息、わんのさんぴん茶タイム⑧

本部町健堅の夕日

ここも本部町健堅の海岸から見える夕日。何回見ても同じ夕日にはあえない。毎日見ても飽きない。そこには常に違う顔の夕日がある。人生を感じるのは私だけかな。

翁長知事は危険な香りがします

現在の翁長知事は本人及び彼に連なる人たちの利益を優先させています。

翁長知事の露骨な論功行賞（あくまで表面的なものの例として）

◆沖縄観光コンベンションビューロー（ＯＣＶＢ）の事務局長の屋良朝治氏を解任し、知事選にて翁長氏勝利の中心的役割を果たした前かりゆしグループ最高責任者（ＣＥＯ）の平良朝敬氏を起用。

◆沖縄都市モノレール社長に知事選にて翁長氏を支持した金秀グループの金秀バイオ取締役副会長の美里義雅氏を起用

◆収容二万人規模のＭＩＣＥ（企業の報奨旅行や国際会議など対応）施設の誘致に関しても論功行賞的決定がなされたと疑問が噴出

何のビジョンもなく、ただ知事になりたくて、主義主張も違い、ただそれぞれの思惑で団結し、各々が沖縄県を私物化し、それぞれの欲望や願望のため動き、県民を迷走させ楽しんでいるのではないか。

◆翁長知事は自由民主党沖縄県連の幹事長だった人物であり、当時は辺野古移設を推進していた。もともと辺野古推進派の知事になりたい翁長氏と、翁長氏を知事にして利用したい「オール沖縄」という左翼団体の思惑が一致して手を組み、沖縄県政を混乱に陥れている。

はたまた外国の利益のため動かざる理由があり、沖縄県民滅亡のために手を貸している。

◆辺野古移設反対に代表される翁長知事の行動はどの国を利するものか、一目瞭然である。そして、米軍基地が仮に沖縄から全面撤退した場合、沖縄県を狙っている中国がどういう行動に出るか、中国がチベットや新疆ウイグル自治区で行っていることに目を向ければ想像できる。

自己の祖国のために、英雄になったつもりで沖縄県を売り、日本国を売って祖国へ錦を飾りたいのではないか。

◆翁長知事は何百年も昔に中国から沖縄に渡ってきた久米36姓の末裔であり、つまり翁長知事の祖国は中国であって、世界中に散らばった華僑と同じく翁長知事の心は祖国である中国と強くつながっている可能性が高い。

◆翁長知事は那覇市長時代、中国への従属を示す「四本爪の龍柱」の建設計画を中国の業者に制作を依頼して進め、何億円という日本の税金を中国に流した。この龍柱は現在完成している。この龍柱の姿こそが翁長知事の祖国への思いを表しているのではないか。

◆翁長知事が那覇市長時代、久米36姓（中国系の人たち）の子孫の私的信仰の場である至聖廟（孔子廟）の移設に25億円もの公金を使った。自身が久米36姓の末裔である翁長知事はこれで祖国に錦を飾ったつもりになったのではないか。

翁長知事はどこに向かっているのでしょうか

今日までの翁長知事の行動や行政運営を見ている限り、

①　沖縄県をどのような県にしたいのか

②　県民の生活をどのように向上させようとしているのか

③　沖縄県の将来像は

④　日本国の一県としてどのような位置付け、日本国の一員としての自覚があるのか

⑤　なんのために国と対決しているのか

⑥　翁長知事の行動は反対の為の反対なのか。ただ国を困らせようと奔走しているのか

⑦　県民をオール沖縄の名のもと、反社会性、反国家性の行動に駆り立てているのは何を意図しているのか。その行動は翁長知事の本意でやっているのか。はたまた我々の見えない隠れたところで誰かに操られているのか。なんらかの弱みがあって脅かされてこのような行動を取っているのか。わからない。

一体全体沖縄をどこに導こうとしているのか、何かしら恐ろしいものを感じざるを得ない。

*ちょっと一息、わんのさんぴん茶タイム⑨

本部半島にある海

沖縄には、たくさんのきれいな海や砂浜があるが、ここは本部半島にある誰も来ない海。全くの手つかずの自分だけの海。誰も来ませんし、地元の人も来ません。透き通った海、白い砂、青い空、たなびく白い雲、贅沢なひと時を過ごせます。

世界はやばいことになりそうです

今まさに世界は激動の時期に来ている。世界中が不況であり、貧富の格差が広がり、失業者が蔓延し、一方ではテロが横行、人権無視、世界のいたるところで戦争や紛争が起こり、また自由資本主義がうまく立ちいかなくなっている。一時期グローバル化という名のもとに国と国との垣根が取っ払われるかに見えた経済も、今やそれぞれのブロック化が進んでいる。また民族主義が台頭したり宗教間のいがみ合いが増し、自国優先、他国無視など国連も機能が麻痺して来ている。米国大統領にトランプ氏がなることでさらにそれらが加速されることになろう。

各国が保護貿易に走り、自国の利益のみで動き始めたらどうなるのだろう。アメリカが世界の警察を放棄したことでますます中国やロシアが世界の脅威になってきている。今日ではあからさまに両国は他国の主権に介入して来ており、ますます軍国化が進み他国への侵略が顕著になってくるだろう。

中国は怖い国です

特に中国という国は内にさまざまな難題があり、国民の不満が高まっています。その国民の不満を内から外に向ける必要があるのです。それと同時に中華思想というのが厄介です。彼らは中国は今や力が強くなったので、自分らの力の範囲であれば国土を主張していいという考えがあり、まさにその考えのもとに突き進んでおります。彼らは歴史も簡単に自分らの都合の良いものに変えていきます。また、自分らの都合の良い時代を持ち出してきて、自国の権利として主張してくるのです。

沖縄を守るためにも予算が必要です

ここ何年間で中国は軍事費を10倍近くに跳ね上げています。日本では軍事費は国民総生産の1％にとどまり、先進国では最も安い費用で国防が賄《まかな》われています。それは日米同盟のおかげで成り立っているのです。その次に低い国ドイツでも２％へと舵を切り、それは日本の倍の予算です。

二度と沖縄の地を戦争で汚してはいけません。今日の翁長知事の行動は正に戦争への道を突き進んでいるのです。人は強い者にはケンカをしかけません。自分がやっつけられると思うのにケンカをしかけていく人はいませんよね。

現実を見ることが大切なのです

今の翁長知事やマスコミは正にその逆です。「守るから攻撃される。だから、守るのをやめよう」つまり、「家を戸締りするから泥棒が入る。鍵をかけるから強盗が入る。警備員や警察がいるから犯罪者が増える」と言っているのと同じです。例えば、家に大金があるにもかかわらず、家の戸に「私は人の物を盗みません」と書いておいたら強盗は来ないのですか。自分が盗まないから人も盗まないって、その自信はどこから来るのですか。

本当にそんなことをすると悪い人はいなくなるのですか。やすやすと盗むことができ、盗んでもなんの咎もなく、誰も何も言わず知らんふりしたら、強盗はいなくなるというのですか。そんなことはないでしょう。

国家も同じです。警察も必要、他国から侵略されて来たときにそれを守る軍隊も必要です。日本人は世界で一番礼節を重んじ、思いやりや正義を尊びます。平気で悪いことをする国が軍隊を持っても他国を犯さないのですか。世界でもっとも信義誠実で思いやりのある国が他国を犯すのですか。よくよく歴史を振り返ってください。

この世は常に弱い者が強い者の下になり、たとえ自分は戦いたくなくても強い者がせめて来るのが現実です。よくよく現実を踏まえてものを考え、それぞれが行動することです。

悪い者の声が大きく、何でも反対することが正義という考えはもうやめましょう。また乞食根性、被害者意識も捨てて、一個の独立した人間として胸を張り前に進もうではありませんか。

＊ちょっと一息、わんのさんぴん茶タイム⑩

沖縄のぜんざい

私が30年かけて研究して作った沖縄のぜんざいである。沖縄一のぜんざいだと言って自慢している。特に豆は、豆そのものの形が壊れていなく、原形をとどめているが、口にふくむと豆が皮とともに口の中で溶けていく。甘からず、でも甘く、ほどよい甘さはきっと人を虜にしていくでしょう。

敵を知りましょう

翁長知事及び共犯者を擁護する人たち、マスコミ、共産主義者、偽善者、及びそれらの人たちに洗脳されている人たちを見分けましょう。

彼らは、次の言葉で反論してくる人たちです。

一．「証拠があるか」

二．「あなたが実際にそれを経験したか」

例えば「辺野古に基地反対運動をしに行くと1日6000円もらえ弁当もあるそうだよ」との言葉に、

「誰が言っていた。実際にもらった人に会ったのか。その人の名前は。証拠はあるのか」

「あなたは辺野古の反対運動に行ったことがあるのか」

「実際にあなたがもらったことがあるのか」

「人が言うのは信用できないよ。実際自分が辺野古に行って、金をもらってから言って。それで誰からいつもらったと教えて、そうでないと信用できない」

「嘘に騙されるな。本当は誰ももらった人はいないし、それは防衛施設局、自衛隊が流したデマだ。国が嘘を流しているのだ」

と言ってきます。それは私がその人たちから聞いた言葉です。

三．「戦争反対」

どこに戦争が好きな人がいますか。誰もが戦争は反対です。あえて戦争反対と言って、あたかも政府や自由民主党及びそれらに賛成する人たちは戦争が好きであるかの如く言います。国は軍隊を持つと必ず戦争をするかの如く言います。そんな考えをする人たちこそ戦争をしようとしているのではないかと思います。自分の心の中にあるから、そのようなことを言うのでしょう。

また、彼らは次の思い込みを持っている人たちです。


四．軍隊があるから戦争が起こると思っている。

五. これは反対、あれも反対、反対することこそが正義だと思っている。

六. 賛成をすることは悪いことと思っている。

七. 現憲法を平和憲法だと思い込んでいる。今日までの日本の国の平和は憲法のおかげだと思い込んでいる。

八. 日本国がすること、また米国がすることは悪いことと思っている。

九. ロシア、中国を批判しない。中国やロシアのことについてあまり口に出さず、日本の悪さだけを強調する。

十. 先の戦争はすべて日本だけの責任だと自国を批判する。そしてすぐに戦争責任を口に出し、他国への謝罪うんぬんを言う。

十一．日本の国、及び米国を常に批判する。

十二．建設的な意見はなく常に批判だけをする。

十三．自分だったらこういう手続きでこういうやり方でというようにきちんと具体的に説明ができず、常に総論だけで抽象的にものを言う。

十四．最後には必ず平和と反戦を口にする。

これらの例にある人たちは嘘つきで偽善者であり、常に悪意で意見を言うか、またはそれらの人たちに洗脳されている人、もしくはインテリぶっているリベラル的知識人です。特に洗脳されている人は、宗教で洗脳された人と同じであり、その洗脳を解くのは非常に難しく、至難の技であるので関わりあわないほうが良い。

反日に染まった年寄りに青春はいらない

反対運動家の年寄りたちは長い年月自分がやって来たことが本当は正しくないことだとわかっていても、それを改めることは自分を否定することなので、絶対に改めることはしない。そんなことより、彼らにとっては反対運動をやっていることが唯一の楽しみであり、まさに青春を謳歌しているのである。青春真っ盛りの状況を取り上げられたり、否定されることは、子供が好きなお菓子やオモチャを取り上げられるのと同じであり、なかなかそこから抜け出せません。愛煙家がタバコからなかなか抜け出せないでいる。それより難しいと思います。一種の麻薬ですね。

反対運動家たちは、辺野古のテントの中で手を取り合ったり、歌を歌ったり、また拳を突き上げたりと、まさに一九七〇年代を思い出させてくれます。またその中の年寄りたちが、本当に青春だと言わんばかりのあの雰囲気は、まるで昔あった歌声喫茶で歌を歌っている人たちとダブり、背筋が寒くなりました。自分が「青春」したければ、みんなで金を出し合ってどこかに歌声喫茶を作り、そこに行けばいいのにと思います。よくその人たちを見ようと車で出かけ、テントの前をゆっくりと走らせると彼らは仲間と思い、思いっきりの笑顔で手を振ってきます。

私は見てはいけないものを見てしまったとの思いがします。寒い、恥ずかしいと同年代の人として思ってしまいました。

＊ちょっと一息、わんのさんぴん茶タイム⑪

沖縄全島エイサーまつり

沖縄の風物と言ったらエイサー。それは、沖縄各地で見られますが、一押しは絶対に全島エイサーまつりです。中でも私が一番好きなのが「道じゅねー」。各青年会が沖縄市のゲート通りをそれぞれ趣向を凝らし、エイサーを踊りながらのパレード、これは見逃せません。その後のコザ市運動公園でのエイサーまつりも見逃せません。

戦い方を知りましょう

翁長知事や共産主義者、沖縄のマスコミらと共同戦線を張っている人たち、それらの同調者に質問されたり、追及されたり、批判されたり、口論になった時の対処は、

①相手の質問には直接答えず、その反対の質問を相手にしてそれで答える。質問には質問である。彼らは質問質問で相手を追い詰めますので、こちらもその逆で常に質問質問でやります。相手が声を張り上げてもいつも冷静でただ淡々と質問をすればいいのです。

②相手が質問ではない何かを言ってきても、答えない。それについても相手に質問でやり返す。

例えば、「戦争反対」と言うと、「戦争が好きな人がいますか。教えて下さい」もし「何々は戦争をするとか国は軍隊を持てば戦争につながる」と言うと、

なぜそう言えるのか説明して。

なぜそう言えるのかその根拠は。

その根拠は、なぜどこから出されたのか。

この世から泥棒はいなくなりますか。今世界中に泥棒はいませんか。

人間に欲がある限り、争いは続くと思いますが、いつ人間から欲がなくなりますか。

日本国が軍隊を持たなければ、世界は平和になりますか。

軍隊がなくなるということは国家間の争いがなくなるということですよね。いつなくなりますか。

世界に争いがなくなるのはいつですか。どれくらい時間がかかりますか。その過程はどのようにして行いますか。

国には警察や役所などもいらないということですよね。裁判所もいらないということですか。

みんなが悪いことはしないということは、みんな善人で譲り合いの精神を持っており、人間は神仏以上の人格者ということですか。説明してください。


などなど相手に質問していくことです。参考にしてください。

彼らは絶対に答えません。もともと人の質問にはいっさい答えず、自分の質問のみをする人たちですから。決してケンカ的な口論はいけません。常に冷静に淡々と普通の声で決して相手を説得しようとしないこと。相手は正しいことをしていると思い込んでいる犯罪者だから、相手がたとえ大学教授であってもどんな有名人、知事、国会議員などなどであっても決して気後れすることはありません。

彼らよりも高い位置でもの事を見て正しいことをしているのだから、決して偽善者や偉ぶった人、人を欺いている人たちに負けてはいけません。勝つためでもなく、勝ち負けを超え、自分が自分を誇りに思い、地域を愛し、県を愛し、国を想う心があるのですから、自分のため、子や孫家庭のためにガンバローではありませんか。

どうぞ自分が家族や地域、県民、国に誇れる自分であり続けていきましょう。

思い出そう、古き良き沖縄を

本当の自分（沖縄県民）を思い出して欲しい。知って欲しい。本来のうちなーんちゅに戻ろうよ。

本来の沖縄県民は、寛容で心根が優しく、非常に平和を愛し、人との諍《いさか》いを嫌い、真摯で穏やかで、なにごとにも前向きで、常に物事を善意でとらえる県民でした。そして、誇り高く、慈愛に満ち、粘り強く、根気強い、素朴な人たちなのです。

それがいつしか、怒りに燃え、反基地の闘争を繰り返す活動家によって利用され、彼らと一緒になって戦う民に成り下がってしまいました。

すべては、ニュースキャスターの筑紫哲也が、一九九五年に起きた少女暴行事件を利用し、沖縄県民に被害者意識を植えつけ、本土の人たちには沖縄県民は米軍基地によって虐げられた哀れな民なんだという間違った認識を全国放送を通じて植えつけたことに事の発端はあります。その結果、沖縄県民には被害者意識に加え、乞食根性までもが芽生え、日本本土と沖縄県に深い溝ができてしまいました。それをすべて、日本国が悪い、アメリカが悪い、諸悪の根源は、日本・アメリカであり、沖縄県は差別され、搾取されており、だからなんでも要求し、なんでも人のせいにしても良いという間違った認識を、「沖縄タイムス」、「琉球新報」を代表とする沖縄マスコミや左翼知識人と言われる人たちが先導して沖縄県民に植えつけていったのです。そして、悲しいことに、本来の沖縄の良さ、沖縄県民の良さが奪われてしまいました。

沖縄県民よ、本来の沖縄県民に戻り、世界に胸をはれる県民へと成長して欲しいです。沖縄県民は世界へ羽ばたく勇気と愛情に満ちあふれた県民です。沖縄は癒しの島です。沖縄県民は癒しの民です。そして、許しの民です。

「戻れ！　本来のうちなーんちゅへ！」

それを強く望みます。

我那覇真子さんよ、がんばれ!

沖縄県の先頭に立ち、純粋な気持ち、清らかで素朴な心で敢然と沖縄県知事や名護市長の亡国的な行動、そして沖縄県民を迷いの道へと誘い込み破滅への道へと突き進んでいる人たちへ正面から挑み、果敢に戦っている我那覇真子さんを応援します。

沖縄県民からしたら「沖縄タイムス社」、「琉球新報社」は巨大なマスコミである。両紙は、偏向報道を繰り返し、沖縄県民に反国家性、共産革命へとの刷り込みを、ほとんどの新聞紙面を使って繰り返し繰り返し行い、長年にわたり沖縄県民への洗脳を繰り返している。

その両紙に立ち向かう姿に共感すると共に、彼女にエールを送り、共に戦える若い人たちを育てていきたいと考えています。

*ちょっと一息、わんのさんぴん茶タイム⑫

糸満大綱引

那覇大綱引きもすばらしいが、それをふたわまり小さくした糸満大綱引きも私は好きです。ローカルで手作り感の中にもそれぞれの真剣で勇壮な綱引きは見逃せません。

沖縄の若者たちへ

私から沖縄の若者たちに訴えます。

沖縄県民は誰にも、他県民また全世界の人種・民族にも決して劣っていません。むしろ優っているのです。

一番は心です。その心の綺麗さや穏やかさ、そして辛抱強さ、人を愛する力はどの国の人々にも負けません。人間として一番誇れるものを持っています。まさに平和を愛する心です。

しかし、今日これが失われつつあります。一番の原因は過度の被害者意識です。また何かごねるとアメリカ・日本政府から何がしかの援助補助がもらえるといった乞食根性が知らず知らずのうちに心の中に住み着いているのです。だから勤労意欲も薄く、向上心も少なくなり、みんなが横並びで満足してしまう。

挙げ句の果てに「沖縄県民は働かない」とのレッテルが貼られ、またそれに満足して、さらに悪循環が繰り返されて行くのです。

ここで戦後の呪縛から自分を解き放ち、被害者意識を捨てて、何もかも反対で後ろ向きに進むのではなく、ここらで前向きに進み、それぞれが生活をより豊かに、明るく、楽しく、平和な沖縄県にして行こうではありませんか。

長い年月、沖縄のマスコミに洗脳された年寄りたちでは沖縄県を豊かにすることはできません。若いあなたたちの手でこの愛すべき沖縄県を変えて行こうではありませんか。

共に、インテリと言われて何もかも知ったかぶりをして、あたかも自分たちだけが正しいと言っている人たちを排除し、本当の沖縄県をみんなの手で作って行きましょう。

そして、我々のその声を沖縄県中に広め、響かせて、さらには本土の人たちにも真の沖縄県民をもう一度理解し直してもらい、ホットな沖縄県を見せようではありませんか。

今まさにアメリカの政権が変わり、そして中国の覇権主義がますます露骨になってきています。沖縄県を中国の領土だと主張してきている中国の侵略をみんなの力で食い止めて行こうではありませんか。

この沖縄県を中国に売り渡そうとしている者たちを排除し、正しい沖縄県に持って行きましょう。

世界、アジアの平和、日本国の防衛の要はまさに沖縄です。

決して共産主義者の餌食にならないよう、それぞれがそれぞれのできる範囲内での活動の中で守り抜いて行きましょう。決して無理はせず、日々の生活の中でできる範囲でほんの少しでもいいのです。力を貸し合い、みんなで平和で安全で安定したより豊かな生活を築いて、子供や孫に誇れる自分たちになろうではありませんか。共にガンバリましょう。

＊ちょっと一息、わんのさんぴん茶タイム⑬

辺野古大綱引き

沖縄本島北部・名護市辺野古（へのこ）の最大のお祭りが、三年に一度行われる『辺野古大綱引き』です。集落の子供から老人まで参加し、それに米軍人も加わり、和気あいあいと一体になってのお祭りで、米軍人も完全に辺野古区民になりきっている。本当にその地域の素朴さや一人ひとりの生き生きした火祭りと綱引きが合体したような祭りで、辺野古の小さい集落の人が全員参加で微笑ましい。また、辺野古にある米軍基地の米兵達も一緒になっているので、人権や国を超えた絆がそこに感じられ、ついほろりとしてしまった。

最後に吉田松陰の言葉を送ります

その来らざるを恃《たの》むことなく、吾が以って待つあるを恃む

敵が攻めて来ないことをあてにするな。敵がどこを攻めて来ても我が方に万端の準備ができていることをあてにせよ。

まさにそれは現在の沖縄県にも言えることである。まずその敵を中国とすると、中国は覇権主義のもと、領土拡大を狙っています。今まさに中国は四方八方で侵略し領土問題で争いや戦争を起こしています。その中国の侵略欲はとどまることを知りません。

フィリピンの領海内に軍隊を出動させサンゴ礁を埋め立てて軍事基地を作り、オランダ・ハーグの常設仲裁裁判所による国際裁判で違法であるとの判決を受けても、かえって「中国の権力の及ぶ範囲は中国のものであり、何が悪い」とますます開き直り、露骨な侵略は続いています。

我が沖縄県でもしかりです。自分に都合のいい歴史を引き出して来て、歴史的には沖縄県は中国の領土であると公然と言っています。また沖縄県の一部である尖閣列島にも中国の軍艦を伴い中国漁船団を護衛するようにして沖縄近海、日本国の領海内に我が物顔で入り込んで来て自国の領海だとの恣意行為を繰り返しています。隙あらば沖縄県を中国のものにしようと虎視眈々と狙っています。その中国と共同して沖縄の中国化を狙っているのが、沖縄県知事である翁長氏とそれに連なる人々、また「琉球新報」や「沖縄タイムス」に代表されるマスコミの方々であります。

またその最先端で動いているのが沖縄独立を掲げ活動している者たちであり、沖縄県を中国に売り渡そうとしている輩であります。

公安調査室の発表した平成二十八年度版の「内外情勢の回顧と展望」では、現に沖縄独立の活動家たちがしきりに中国の公安当局の人たちと密談を交わしていることがわかっています。

今日本とくに沖縄は、中国から狙われており大変危険な状態にあり、翁長知事はじめそれらの人々、マスコミ活動は、まさに戦争へとつながる行為をし、自ら積極的に戦争が起こるように活動している、戦争を好んでいる人たちであり、それを隠すが如く声を大にして反戦平和を念仏の如く声を張り上げて唱えています。

つまり、中国が沖縄に攻めて来ないことを願い、攻めて来ないことをあてにするのではなく、いかにして攻められないようにするか努力し、防ぐ方法を考え準備すべきである。

学者に二大弊あり

一つは思はざるの弊なり。二つ目は学ばざる弊なり。

学問をする人には二つの悪い習慣がある。一つは知識の活用を考えないこと。二つ目は真に学ばないこと。それはよくインテリや学者、教員、マスコミの言葉を鵜呑みにし、自分は知識人と思い込んでいるような人々に言える言葉です。

第一は学んだ知識を本人が実践せず知っているだけであり、決してわかっていない。第二は一見高尚に見えすごい考え、すごい知識人に見えるが、実際は空論であり、現実味のない理想空想な議論ばかりで、各論はなく、すべて一貫して総論ばかりを言う。実際に現場に立たせると何もできない。政治、経済、軍事、教育、その他なんでもできるが如くテレビや新聞等々で得意になっている大学教授や専門家と言われる人がその類である。知識をただ単に自分の身につける洋服や着物と同じ感覚で知識を身につけている類の人たちのことを言っています。

因循苟且以って目前を弥縫せば、万一の変故には何を以ってこれを待たん

積極的に事をなす気力もなく、その場しのぎで目の前のことを取りつくろってばかりいるのなら、万一の非常事態にどう対処するのか。

今日の沖縄県を見たところ、多くの人がマスコミによる報道や翁長知事に賛同し、中国に対して立ち向かう気力も積極的な攻撃精神もない。問題は目前の一時しのぎや誤魔化しではなく、この局面に立ち向かっていくことであります。若い人であれば、できることです。人と人のしがらみもなく、自分や自分の将来のため、愛する人のために立ち向かうことができます。

人の患は罪を犯して罪を知らざるにあり

人の憂うべきことは罪を犯していながらそれを自覚していないことである。

多くの人は自分が今罪を犯しているかどうか知らず、かえって正しいことをしていると思い

込んでいる人が多い。今の沖縄県民の中にもたくさんいます。なにがなんでも反対を唱えたり、なんでもこじつけて反戦とか平和を叫んでいる人たちです。しかし中には本当は自分が悪いことをしていると知っていながら欲に負けてやっている人、自分の罪を自覚していながらそれを改めることが今までの自分の人生の否定につながるから自分に言い訳をしたり、どうにかこじつけて正当化したり、惰性で何も考えずただみんなについて行っている人、感覚や雰囲気、自分の好き嫌いでやっている人たちがいかに多いか。

今こそ自分の過ちを改めることが必要です。過ちを改むるを貴しと為す、自分の過ち改めることになんの恥もありません。

改めきれない人こそが恥ずべきであり、自分の過ちに気づき、それを改める人はすごい人ですよ。

*ちょっと一息、わんのさんぴん茶タイム⑭

わんはさんぴん茶が好きである。

さんぴん茶を次のように飲んでいるので、ぜひみなさんも試してみてください。

一杯目は、いれたてのお茶はまだ茶があまり出ていなく、薄口である。

二杯目になると、ほどよく茶が出て香りも良く、味もちょうどよい。

三杯目になると、渋味や苦みが出てくるので、甘いお菓子とよく合う。

これからも沖縄を好きでいてください。

大川

水牛車

著者：新垣 治男（あらかき・はるお）

昭和26年　沖縄県本部町生まれ
昭和48年　沖縄大学法学部卒業
昭和48年　警察官として18年間勤務の後、
各種コンサルタント
平成23年1月　Power Stone TENRINを立ち上げ
平成27年6月　株式会社てんりん設立

本書を読んでのご感想・お問い合わせ

「沖縄を思う会」
〒905-0225 沖縄県国頭郡本部字5029番地
E-mail　okinawa.omou@gmail.com

沖縄が好きな人へ…
「これが沖縄です」

2017年3月8日　初版第1刷発行

著　者：新垣 治男
発行者：高久 多美男
発行社：フーガブックス
〒162-0843 東京都新宿区市谷田町2-7-15
近代科学社ビル低層棟2F
Tel.03-6280-8471
制　作：株式会社コンパス・ポイント
印　刷：株式会社シナノ